불 끈 사랑

시와반시 기획시인선 027

불 끈 사랑

펴낸날 | 2023년 10월 1일 초판 1쇄

지은이 | 황명자
펴낸이 | 강현국
펴낸곳 | 도서출판 시와반시

등록 | 2011년 10월 21일 등록(제25100-2011-000034호)
주소 | 대구광역시 수성구 지산로 14길 83, 101동 2408호
전화 | 053) 654-0027
전송 | 053) 622-0377
전자우편 | khguk92@hanmail.net

ISBN 978-89-8345-152-1   03810

시와반시 기획시인선 027

불 끈 사랑

황명자 시집

시와반시

| 차례 |

제1부 불 끈 사랑

제2부 쓸쓸한 기쁨

제3부 천사 같은 아이였다

산문

제1부

불 끈 사랑

불 끈 사랑

평생 어색해서 못 해본 말.
치매 걸린 엄마 귀에다 대고
사랑해, 처음으로 해 본 말.
진짜로 사랑해서 사랑한다고 했는지
지금도 모르겠는 건
진심이 없었기 때문인 것 같은 말.
연애할 때도 쉽게 안 나와서 한 놈
애태웠다던 그 말.
치매에 귀까지 어둔 개에게
사랑한다, 이놈아. 아무리 외쳐봐도
못 알아듣는 그 말.
눈뜨자마자 옆에 누운 이에겐 절대 못 할 말.
목숨 다한 개에게는 아낌없이 해 주고 싶은 말.
진심 다 해 사랑한다. 사랑해. 목청껏 질러 준다.
뭔 말인진 몰라도 좋은 말인 줄은 알겠지.
몸이 귀찮은지 맘이 안 따라 주는지
누운 채 꼬리만 슬쩍 꿈틀거리다가 만다.

진작 말해 줄걸. 진심이 아니면
절대 입 밖으로 안 나올 그 말.
한밤중 불 끄고 들어본 말.
환한 대낮엔 지금껏 못 들어본 말.
어느 것도 진심일 것 같지 않은 그 말.
사랑한다는 말. 온 맘 바쳐 개에게
불끈, 쏟아붓는다.

본능

천변으로 오르내리는 계단 밑에서
고양이는
여러 달째 산책 나온 사람들 살피느라 바쁘다.
요염한 울음소리와 살가운 짓거리로
한 명도 놓치지 않고 반기고 보는 이유,
버림받은 줄 몰라서이다.
초롱초롱한 시선에 드리워진 슬픈 그림자는
주인에 대한 그리움일까.
한 번씩 와서 한참 놀아주다 가는 여자,
집에서 기르던 고양이가 분명하다고,
귀 끝이 잘린 걸 보니 중성화수술도 마친 거란
사실화된 말투, 괜히 의심해 본다.
범죄 현장에 꼭 다시 나타난다는 범인의 특성상
그녀가 버렸을 것이라는 생각에 사로잡힐 때도 있다.
하루는 만동이를 데리고 나가서 부러 마주치게 했다.
그러고 싶었다. 늙고 병든 개에게
신선한 기운을 맛보게 해 주고 싶었는데,

신기하게도 개는 개 끼리
고양이는 고양이끼리만 소통하라고
정해 놓기라도 한 듯 서로 날을 세운다.
외로울 것 같아 붙여준 건데
아무리 외로워도 아닌 건 아니었다.
맘이 앞선 게 서로를 상하게 했다.
사람 정 그리운 고양이에게
서늘한 기운이 온밤 휩쓸고 지나는 동안에도
지치지 않는 본능이 숨어 있단 걸 몰랐다.

개의 시선

형형색색 화려한 빛 섬세한 여울이다.
윤슬 하나로 명품 자개장欌을 만들어 놓는 여울이다.
여울에서 수런거리던 백로와 왜가리 떼,
족자 밖으로 걸어 나오는 마법사처럼
참방참방 이동하느라 시끄러운 아침이다.
늙은 몸이지만 전투력은 아직 남은 만동이,
얕은 여울 둑 밖 탐색하느라 목만 쑥 빼낸
백로 떼 향해 몸을 틀어놓는다.
주인의 앙다문 입과
다잡아 거머쥔 목줄에 아랑곳하지 않고
백로 떼 향해 세게, 바둬 보는 중이다.
그 사이 새들은 몸들을 모아 놓는다.
적에게 대처하는 회의라도 여는 걸까.
홰치는 소리로 적에 대한 경계심 드러낼 때마다
물은 가볍게 파도치듯 흐르고 해의 방향 따라
윤슬도 얕은 여울 바닥으로 가라앉는다.
부질없어 뵈는 늙은 시선 알아챘다는 듯

각자 흩어져서 먹이활동에 열중하는 새 무리 앞에
어느 장인의 세공인가.
더없이 잔잔하고 평화로운 풍경, 열린다.

슬픔이 꿀처럼 뚝, 뚝, 떨어져서

그의 집에서 미미를 처음 만났다.
그는 그녀를 너무나 사랑한다.
그녀도 그런 것 같다.
페르시안 화이트종 고양이 미미,
그녀는 이쁜 데다 가살궂게 요염하다.
덧니 같은 송곳니 드러내며 하악질 해대면
무섭긴커녕 귀여워서 덥석, 안아 줄 뻔한 적도 있다.
그녀는 지조 있는 여자란 듯 주인만 찾는데도
다들 그녀의 매력에 빠져들곤 한다. 문득,
궁금해져서 미미는 여전한가요. 물어보았다.
얼마 전에 세상 떠났다는 미미.
우리 집 개 어르신도
제 기능 다 잃은 지 오래라고,
조만간 부의금이나 준비해 두라고,
우스갯말 주고받는 동안 알아챘는지
내 엉덩이 옆에 등 붙이고 털썩, 눕는다.
능구렁이 다된 만동이에게

그의 애첩 미미 같은 애교는 바랄 순 없지만,
대신, 눈에서 슬픔이 꿀처럼 뚝, 뚝, 떨어져서
한시도 눈을 떼지 못할 지경이라고,
저나 나나 못 할 짓이라고,
문자로 슬쩍, 하소연하고 났더니
불안이 노을처럼 번져 온다.

구름조련사

구름의 매력은 무얼까.

구름에게 빠진 그의 눈빛과 구름을 번갈아 쳐다본
다. 구름은 무심하게 여기저기 이동하지만 그의 눈빛
은 한곳에 고정되어 있다. 집 앞, 병원 건물 옥상에 환
자 이송 헬기가 구름 싣는 장면을 목격하고는 구름 대
폭발이네? 한다. 헬기는 오래도록 뜬 적 없지만 오늘
은 구름이라도 실어 나를 모양인가.

구름은 짧은 공연 안에 수십 벌의 옷 갈아입는 가
수처럼 개나 새 등 여러 모습으로 나타나선 헬기 주변
맴돌지만 그가 보는 구름의 모습은 무척 주관적이다.

구름은 무표정한데 그는 구름의 마음을 다 안다는 듯
구름이 늘 자기 뜻대로 움직인단 듯

의기양양해져서 집 나갔다 돌아온 개처럼 앞서 반
긴다. 한적한 길을 달리는데 앞산 꼭대기에 걸렸던 구

름이 이미 앞서가고 있다면 구름을 따라가는 것이라
하고 돌아보니 구름이 아직 거기 있다면 구름이 따라
오는 것이라 한다. 구름의 주체는 그가 마음먹기에 달
렸다. 그는 얼핏, 구름조련사 같지만 때때로 구름 안
에 머물고 싶은 구름 바라기다.

　구름은
　어디든 데려다줄 거라 믿으면서.

그들의 사랑법

머리는 언제부터 아팠냐고 물으면
열이면 열 같은 답, 지갑처럼 슬그머니 꺼내놓는다.
사라호 태풍 때부터란 말,
일제강점기보다
육이오 전쟁보다
호환마마보다
더 끔찍한 기억의 회로에서 연결되어 켜진다.

동물프로그램에서 거짓말하는 개를 보았다.
천둥 번개 치던 날,
몹시 놀란 개에게 주인이 밤새 옆에서 지켜주자,
그 뒤로 일부러 아픈 척했던 개.
두 달 동안 잠도 자지 않고 온갖 고통 감내하며
그날의 기억 끝까지 놓지 못하고 거짓 쇼를 했던 개.

그들의 기억 늘 거짓으로 남아서
사랑을 갈구하는 오류를 범한다.

새들처럼

모든 삶이 풍요롭지는 않듯
먹이 앞에서만은 양보가 없는 백로들,
가끔 얕은 실개천에 몸 맡기고
여유 부리듯 쉬기도 한다.
멀리, 어린 쇠백로 한 마리
규칙 모르고 늙은 청둥오릴 괴롭히다가
쫓기는 장면이 만둥이에게 포착된다.
주인에게 목줄 맡긴 채
한 번씩 몸을 앞세워 보는 늙은 개는
저들이 너무나 자유로워 보여서 화가 난 듯도 하고
서슬 퍼런 눈빛에 갈망이 섞여 있는 듯도 하다.
쫓아오고 쫓기고,
거꾸로 쫓기고 쫓아오는,
약육강식의 세상
한 번은 맛보고 가보고 싶은 맘,
콧김 내뿜으며 간간이 드러내 보지만.

모든 감정

시바 여신은 팔이 열 개인
포나가르란 이름을 가졌다. 누구든
그녀의 사원에 모셔진 신상의
풍만한 젖가슴에 눈길이 먼저 간다.
열 개의 팔은 천수관음처럼
다 내게로 오란 듯 펼쳐져 있지만,
전혀 관능적이지 않고
그저 예쁜 젖가슴을 가진 여자로만 보이는
시바 여신의 미묘한 매력은 거기, 있다.
모태신앙의 상징인 팔과 풍만한 젖가슴은
베트남 아가씨들의 소망을 담은 채 출렁인단 것.
작지만 행복한 미래를 꿈꾸는,
그래서 결혼식 이벤트는 길고 성대하게!
광고문구와도 같은 삶 뒤의 행로는
누구도 보장해 주진 않는단 걸 그녀들은 알고 있다.
몸은 호수에 떠 있는 연잎처럼
불안하게 간들거리며

두 눈은 사원 앞에 고정되어 있는 그녀들, 귀 어둔
늙은 개가 주인의 손짓에만 의존하듯,
능동적이지 못한 여신에게 의지하여
모든 감정을 바치고 있다.

시선의 교차

너무나 끔찍한 장면을 보려는
사람들의 시선과 금세,
뒷다리를 입 안으로 빨아들인 뱀의 시선이 교차한다.

두꺼비의 처절한 눈빛까지 보태어져
거룩한 의식을 치르는 중이다.
전혀 갈등 없는 감정으로 조금씩 조금씩
두꺼비의 몸을 제 몸 안으로 끌어넣고 있는 뱀은
오가는 사람들 소스라치는 몸짓에도
하던 짓 절대 멈출 생각 없이 초연하다.
입 밖으로 삐져나온 타액 섞어가며
꾸역꾸역 삼키는 일에만 집중하는 뱀,
두꺼비가 독을 모두 소진하고
뿌걱뿌걱 핏물 게워 낼 즈음,
뱀은 그제야 눈알 굴려 주위를 의식하고
긴 몸 돌려 바위 밑으로 슬그머니 숨어든다.

강둑에 보일 듯 말 듯 폈는 부처꽃,

산책 나온 늙은 진돗개 만동이와

의기투합하여 예의 주시하고 있는 줄도 모른 채.

귀

흰뺨검둥오리 한 쌍,
징검다리 끝 얕은 물에서
연신, 아래를 쪼아대고 있다.
회오리치며 하류로 흐르는 물길에다
머리에 몸까지 거꾸로 처박는 오리들,
노출된 몸은 표적의 대상이다.
제 얼굴 모르는 오리는 물 밑에 제 모습이
먹잇감인 줄 알고 죽을힘 다해 쪼아대지만
새의 귀는 사방으로 열려 있다.
쪼아도 쪼아도 그대로인 제 모습이 얼마나
애 터지게 얄미울까.
배고픔에 뭐든 집어삼켜 보려 애쓰는 오리들에게
보이는 모든 생물이 천적일 수밖에 없다.
그 모습을 멀찌감치서 바라보는 만동이,
목줄 잡힌 채 아무리 용써봐도
다가갈 수 없는 몸이지만
새들은 잠시, 경계한다.

이미 순응에 길들어진 모든 개는
목줄 놔줘 봐도 멀리 갈 줄 모른다.
천적도 모른 채 늙어가는 개에게
남은 감정이라고 해 봐야
무기력이거나 무료함뿐일 텐데
사랑이라고 단정 짓고 끊임없이
개의 귀를 열어 지시한다. 결국,
새의 귀는 천적을 향해 열려 있고
개의 귀는 주인의 지시를 듣는 데만 집중한다.

아직은 때가 아니란다

한밤중, 밖으로 내보내 달라고 심하게 끙끙거려서
미운 맘 보태어 나가라. 소리쳐 집 밖으로 내보냈
다가
그만, 비명횡사한 개 이야길 들었다.

개들은 주인 맘 아플까 봐
멀리 나가서 세상을 뜬다고 한다. 만동이 역시,
새벽에 평생 안 하던 짓 해놓은 거 보고
행여나 훌쩍 나가버릴까 봐
잘했다, 참 잘했다, 쓰다듬고 칭찬했다.
자리보전하고도 최소한의 예의를 갖추려 애쓰는 게
애처롭고 대견해서 여기저기 자랑했다.

나무마다 영역 표시하던 용맹스런 정신은 어디 가고
집 안에서 전전긍긍하다가 화장실 입구에서
그만, 털썩 오줌 지리고 말았으니 그 자존심에
얼마나 의기소침했을지 안 봐도 알겠기에

참 잘했다, 잘했다, 칭찬만 수백 번도 더 했다.

온기 없는 몸의 늙은 삶,
얼마나 남았을지 영물이라 스스로 알 것도 같지만
애야, 아직은 때가 아니란다.

만동이와 후투티

어디서 왔니, 그 눈빛.
촉촉하다 못해 눈물 그득하다.

강변에 후투티 한 마리 날아들었다.
초여름에 봤던 어린 후투티가
아마도 성조가 된 듯하다고
사진 찍어 여기저기 보내 주었다.
활기는 사라지고
훗, 훗, 울어주지도 않는다.
까악까악, 악다구니 처대지도 않는다.
오도마니 앉아 허공만 바라볼 뿐이라고
사진 밑에 첨부하여 보냈다.
지금껏 어딨다가 초겨울 바람도 찬데
왜 다시 왔는지 사연이 궁금한 후투티야,
뽕나무숲에 서식한다고
오디새라고도 한다는데 거기 있다가 왔니.

길 잃었나 봐요.
날갯짓 좀 보세요. 전 이렇게
무서워요. 하는 것 같아요.

한 마리 수컷 후투티를 두고
설왕설래하는 동안
후투티 쫓던 늙은 만동이,
외롭게 달랑 남겨 놓고
사진 속 너는, 어디로 가버렸니.

예쁜 탑

절간 지키던 늙은 개 한 마리,

어슬렁 다가와 약사전* 앞,

키 작은 탑 앞으로 사람들, 데려다 놓는다.

갈 때 맘과 달리 탑 보는 순간

어머, 예뻐라!

호들갑부터 떨게 될 걸 알기는 했으려나.

순간 먹었던 맘도

냇물에 풀어놓은 빨랫감처럼

산지사방 흐트러지고

대법당 안 가고 눈에 먼저 띈 게

장땡이라도 된 듯 예쁜 탑 애인처럼

안고 만지고 노류장화路柳墻花 놀음 삼매경이다.

깊은 암자 찾아갈 때 맘은

먹은 맘 더 다잡으러 간다는데

내 탑이니 네 탑이니 이름 붙여가며

거룩한 부처님 경전은 귀에 들어오지도 않고

대법당 참배도 자칫, 놓치고 말 뻔.

늙은 개 앞세워 시험에 들게 한 거라.

맘 바른가 보려고.

* 경남 창녕군 관룡산에 있는 삼국 신라시대 사찰
  관룡사 안 전각.

제2부

쓸쓸한 기쁨

사랑이라는 감정

짓물러져서 지워지지 않는 얼룩처럼
긴 치맛단에 꽃물 들여놓고
가버린 봄처럼
아련하고
속상하고
그립게 하는 감정이거나,
평생 흘레 한 번 붙지 못하고
죽을 날 받아 놓은
늙은 개의 감정이거나,
꽃 져서 서운한 듯 미리 위장한 채
속내 감추고 마는 추억이거나,
뻔하고도 흔한 신파극처럼
순식간에 끝나버려서 아쉬운
첫날 밤 같은 것이거나,
복사꽃 흐드러진 봄날이면
굳이 떠오르게 하는
분홍빛 감언이설 같은 것.

허망한 몸짓

강변에 나타난
이름 모를 새 한 마리,
날지 못하고 있다.
찬바람에 꺾인 갈대 밑둥치 등뼈 삼아
훨훨훨,
허파에 바람만 불어넣고 있는
검은 새의 허망한 몸짓,
처음부터 날지 못하는 새는 아녔을 텐데
사방에서 불어닥친 바람에 휩쓸려 그만
풀숲에 갇힌 몸 된 걸까. 바람의 부피에 따라
구름빵처럼 부풀었다가,
바람 빠진 풍선이었다가,
회오리에 감긴 천 조각처럼 온몸이 꽈배기가 되기
도 한다.
가마우지 같기도 하고 물오리 같기도 하고
갈까마귄가도 싶은 새의 정체, 물속에서
자유롭게 헤엄치고 나르는 백로나 청둥오리, 왜가

리들이

　자신의 로망인 듯 강 쪽 향해 있다. 인기척이 다가가도

　별로 놀라지 않는 새를 쫓으려다 멈칫,

　무취에 숨결이 없는 무생물임을 눈치채는 늙은 몸,

　새의 형상을 한 검은 비닐봉지 하나

　바람에 너풀너풀,

　의미 없는 몸짓으로 혼자 바쁘단 걸 알아챈다.

　생명을 불어넣어 줄 연금술사를 기다리고 있었다면

　지금이 적기란다. 만동아!

　더 가까이 가보렴.

　릴레이 주자처럼 한 생명을 보내고 한 생명을 맞듯이

　세상엔 무수한 몸들이 태어났다 사라진단 것쯤

　너도 알잖니. 네 입김이 닿는 순간,

　금세 심장은 뛸 테고

활짝 두 날개 펴서 날아오를 검은 새를 떠올려 보렴.

훨훨훨,

등 시린 나무를 보고 왔다

무연히 등이 시릴 때가 있다.
늘 그 자리에 있었는데
불현듯 등이 시린 연유는 어디에서 비롯된 걸까.
사람 몸에 등 붙이고 눕기를 좋아하는 만동이는
늙은 탓일까. 내 생각이고 복합적인 감정 같지만
늙을수록 뼛골이 시리단 말은 괜히 나온 말 아니다.
등이 시린 게 동물뿐이랴.

400여 년 그렇게 언덕에서 방풍림처럼 고스란히
마을 지켜낸 나무. 고통을 호소해 오지만 아무도 몰라
준다. 어느 해 한꺼번에 잎 다 떨어지자 농사가 잘됐단
말, 잎이 천천히 떨어지니 농사가 잘 안됐단, 말도 안
되는 주문이나 읊어댈 뿐. 나무는 마을의 신령스런 수
호신쯤으로 명성을 이어올 따름이다. 땅 밖으로 고스
란히 드러낸 너럭바위 같은 뿌리가 힘들단 걸 어떻
든 보여 주려고 뽑어내는 가슴앓이란 걸 알 리 없다.

자식 못 가진 여자들 일부러 밤마실 나와서
무시로 쓰다듬고 갔음 직한 나무의 등.
반들반들해져서 더욱 시려 보이는 나무의 등.
늙은 개 등뼈처럼 아스라이 부서질 것 같은 나무
의 등.
하평리*에서 등 시린 은행나무를 보고 왔다.

*청도군 하평리 마을 뒷산에는 오래된 은행나무가 있다.

개 꿈은 개꿈이 아니었다

만동이가 비루먹은 꼴로 구석에 처박혀 있다.

병든 몸 겨우 일으켜 눈 맞추고는 다시 눕길 반복한다.

몸을 일으킬 때마다 풀썩풀썩 함께 일어나는 개털 때문에

목 안이 답답해져 잠 깨니 꿈이다.

안 맞는 꿈은 개꿈이라 했던가.

찝찝하니까 핑계를 만들어 보는 거다.

요즘 와서 되는 일도 없고

만동이는 늙어만 가고

둘러대고 싶은 이유 가득한데

여러 가지로 복잡한 심사가

꿈으로 환생한 거라고 억지로 끼워 맞춘다.

미심쩍은 맘에 개털이라도 빗질해 주려니

꿈이 자꾸만 걸려 체한 것처럼 명치가 아리다.

아이의 네 다리며,

나를 향해 열려 있던 동공이,
기운을 잃어가기 시작했다.

평생을 잃고 치매를 얻었다

어둔 두 귀는 이제 쫑긋거리지 않고 두 눈동자엔 흐릿하지만 슬픔이 그렁그렁하다. 숨을 거두고도 금방 닫히지 않는 귀라는 감각. 그래서 망자를 부르는 소리 곡소리, 원망하는 소리, 다 듣고서야 저승 문턱 넘는다는데, 생전에 귀 어두웠던 사람도 숨 끊어지는 순간만은 듣고 싶은 말 다 듣고 가려고 영혼을 빌려 귀 열어 둔다고 들었다.

귀가 어두워지자 평생을 잃고 치매를 얻은 개.

귀에다 대고 말 인심 쓰듯 못다 한 말 꾸역꾸역 밀어 넣어 준들 무슨 소용이랴. 개의 소명은 잘 듣고 잘 짖는 것인데 집 안에서 못 짖도록 훈련받아 귀의 쓰임이 한정된 개의 삶. 주인 오는 소리에나마 반응하던 두 귀는 창틀에 놓인 빈 화분처럼 무용지물 되고 주인의 들고남에도 무심해졌다. 산책하잔 말에도 고개만 갸우뚱하는 늙은 개가 가장 듣고 싶은 소리는 무엇일

까. 기적처럼 귀가 열린다면 꽃무릇 붉디붉은 산책길
에서 콧등에 꽃물 흥건하도록 킁킁 맡아대던 꽃향기
처럼 향긋한 말 한마디, 꼭 들려주고 싶은데

만동아, 너무 늦지는 않았겠지.

꿍꿍이를 몰라서

분양받은 텃밭에
꿍꿍이를 심었다. 평소에
소통이 어려워 답답했던 개 만동이의 꿍꿍이와
자기 땅 한 평 가져보고 싶은 게 평생소원이라던
그녀의 꿍꿍이도 훔쳐다 심었다.
도대체 속을 모르는 그의 꿍꿍이도
몰래 가져다 심고 잘 크는지 살폈다.
늘 의뭉스런 꿍꿍이만 해대는
것들의 꿍꿍이도 차근차근 훔쳐 와 심었다. 그러자
속을 너무 드러내서 늘 불안한 나는
그들이 알아볼까 봐 걱정을 떼로 하는 꿍꿍이에 시
달렸다.
그래서 그중 하나의 꿍꿍이를 속에 꼭꼭 숨겼다.
그것들이 제 땅인 양 불쑥불쑥 올라와
쑥쑥 자라서 나쁜 속 좋은 속 다 드러낼 때까지
마구 거름도 주고 비료도 줬다.
꿍꿍이만 없다면 온갖 속들 훤히 들여다볼 텐데

애면글면 속 태울 일도 없을 텐데
죽음 앞둔 만동이는
무지개다리 건너려니 얼마나 불안할까.
지극히 초연한 저 눈빛,
여전히 숨기고 있는 꿍꿍이지만 알 듯도 하다.
꿍꿍이를 알고 나니 오히려 맘이 복잡해졌다.

나비가 보낸 시간

숲이 심심할까 봐
마실 나온 네발나비 한 마리,
이꽃 저꽃 기웃댄다.
실은, 그건 변명이고 내가 심심해서
나와 본 거야. 나비는 이렇게
어릴 때 옆집 친구 몰래 불러내듯
미세한 몸짓으로 고요한 숲을 깨워놓고 본다.
태풍에 날아간 씨앗 덕에 절간 낮은 담장 밖,
생뚱맞게 꽃 피운 코스모스 한 포기,
몹쓸 바람결 하나 걸러 줄 곁이 없어 불안한지
나비와 몸 바꾸자고 아우성이다.
곁이 없단 건
세상 풍파 혼자 다 겪어내야 한단 걸
알려 주기라도 하려는 듯
절간 늙은 개 한 마리
염불 마치고 나온 스님처럼
굼실굼실 나비 가까이 다가간다.

꽃이 되려다가 만 네발나비의 분주하던 몸짓이
하던 짓 들킨 좀도둑처럼 멈칫하다가
나풀, 야속하게 날아가 버린 뒤
나비 쫓던 늙은 개, 머쓱해져 돌아간다.
한 생生 정리하는 꽃들의 시간만 남아
다시, 적적막막한 숲으로 되돌려놓는다.

가을이란 계절

가을이 또 와서
본 적 없는 그의 영정사진만 보고도
생生이 무너지기라도 한 듯
왈칵, 눈물 올라오게 한다.

다른 계절은 시나브로 지나가지만
가을에 떠난 이들 오래오래 그리워하라고
무척이나 더디게 흐르는 가을이란 계절.
파란 하늘은 너무 파래서
구름이라도 있으면 좋을 텐데, 안 돼서
그만 서럽고 눈물 나는 건
다 가을 때문이다.

주인 얼굴만 속절없이 쳐다보는 만동이,
가는 길 얼마나 외로울까. 걱정되게 하는
가을이 또 와서
파란 하늘에 구름 한 점만 봐도

이리 서글퍼지게 한다.

계절이 오는지 가는지도 모르는 가련한 아가야.

넌 이제 어쩐다니?

하염없이 골똘해지게 하는

가을이 자꾸만 와서.

망상가들

이른 아침 공기는 개에겐
맛있는 고기만큼이나 끌리는 냄새다.
풀냄새, 타인의 향기처럼 긴장되고 유혹하는
동족의 체취에 온갖 감각기관 열어 놓는 개.
이런 호사가 없다.
특히, 늙은 개에게 이른 아침 산책은
어떤 보약보다 회복이 빠른 힘을 준다.
신세계를 만난 듯 날렵해진다.
제멋대로 방향을 정해서
꾸역꾸역 밀어붙이지만
목줄 탓에 용써 봤자, 주인 손바닥 안이다.
이미 주인 머리 꼭대기에 앉아서
진두지휘하려 하는 만둥이, 떠날 날 멀잖았다 싶어
들어주려 하는 주인의 맘을 이용하는 것이다.
그냥 봐넘겨 주는 것도 남은 이의 배려,
자신이 늙었는지는 몰라도 죽을 날은
알아차린다는 짐승의 예견을 믿는바,

불쌍한 맘에 못 이기는 척 따라가 주면
더한 어리광으로 주인을 괴롭힌다.
사람이나 개나 늙으면 다 똑같단 걸
실감하고 당연하다고 믿는 애견가들.
너나 할 것 없는 망상가들이다.

눈물 자국

한 차례 늑대울음으로 울부짖는 개,
외마디 울음이 저리 애처로울까.
도저히 사람은 흉내 낼 수 없는 울음 뒤에
흐르는 눈물이 눈동자에 고이기도 전에
곧바로 흘러내린다.

눈물의 원천을 일 길 없지만
죽음을 앞둔 만동일 보고서야 어디쯤인지 헤아려
진다.
원망이거나 애절함으로 빤히 쳐다보는 개의 눈동
자에
공허가 새살처럼 꽉 차 있다.

애끓는 맘, 귀신같이 알아채고
내 품에 머리 묻는 늙은 개의 눈물.
꾸역꾸역 끝도 없이 올라오는 저, 눈물.
길 내지 말라고 깨끗이 닦아 줘 보지만

죽어서도 지워지지 않을 눈물길에
낙인처럼 꾹꾹, 자국 새겨놓는다.

시체 놀이

늙은 개와 살아가다 보니 근심이 깊어진다.
누구라도 죽을 날 알고 잘해 준다면
죽어서도 잊지 못할 거라고
거짓 맹세라도 할 것 같다.
어쩌다가 식구가 안 하던 짓 하면
죽을 때 됐나 싶기도 하고
저 죽을 날 알고 잘해 주는 건가.
울컥, 억울하고 서럽기도 할 것 같다.
오늘도 시체처럼 누워서 죽은 줄 알게 하는 만동이.
시체 놀이가 주인에게 잘하는 짓인 줄 아는 만동이.
주인 앞에 쥐 잡아다 바치는 고양이처럼
어머나, 깜짝 놀라게 하는 게 효도인 줄
오래전부터 습득해 온 늙은 개에게서
진정한 사랑이 뭔지 배워 나간다.

조등弔燈

세상을 흰빛으로 바꿔 놓았구나.

맨살로 부딪는 언 땅 위에.

아리고 쓰린 역사처럼 아픈 삶 속에.

속살 다 드러내고 덤비는 순진한 사랑*이여.

강렬한 몸짓,

차마 처절해서 가벼운 외투라도 벗어

덮어 주고 싶은 창백한 얼굴이여.

마지막 가는 길 추울까 봐

널 향해 우짖는 저 가련한 개의 눈빛을 보았니.

흰젖제비꽃,

천천히, 아주 천천히 지렴.

등불처럼 환한 꽃등 밝혀

저 아이 가는 길 외롭지 않게.

* 흰젖제비꽃의 꽃말.

쓸쓸한 기쁨

환생이라도 한 건가.
죽은 친구가 나타나서
반가운 맘에 덥석 안아 주니
제 몸 통증을 내 몸으로 옮겨 놓는 꿈속이다.
누군가 날 애타게 부르는 것 같기도 하고
같이 가자고 몸을 끌어당겼던 것도 같다.
안 가겠다고 소릴 쳤던 게 분명하다.
악몽은 뒷전이고
머리맡 지킨 개가 고마운 게 먼저라
머리 쓸어줬더니 힘겹게 꼬리 흔든다.
치매로 밤새 온 집 안을 배회한 지 여러 달,
밤잠 설치느라 피폐해진 감정들이
꿈속에서조차 허우적거리게 한 것이다.
꿈은 내면을 다 죽여 놓았지만
어쩌다가 감동을 주는 개가 있어서 행복했는데
그게 기쁨이었던 현실을 잠시, 잊고 살았다.
안쓰런 맘에 개를 안으려는데

쓸쓸함이 달려와 함께 덥석, 안긴다.

천리향

어떤 힘이 이끌었을까.
반은 품에 안긴 채
반은 절룩이는 다리 지탱하며
한 걸음 한 걸음 내디뎌 보려는 안간힘.
마지막으로 사지를 놓던 그 자리에
몸 향기 천리만리 꽃향기 따라 퍼지라고
천리향 한 그루 심었다.
들판에는 쑥이 지천으로 올라오고
개나리 향연饗宴 펼쳐지는 봄이라서,
혼자 집에 두고 나올 수가 없어서,
행여나 오늘이 마지막일지도 몰라서,
노심초사하며 산책길 종용했던 게
결국 욕심이고 이기심이었다.
너의 유골 안고 오던 날,
아, 마지막이 아니라고 향긋한 내음 풍겨주던
저 꽃나무 너도 보았니.

제3부

천사같은 아이였다

사랑이 깊다는 건

사랑이 깊다는 건
아직 더 줄 사랑이 남았다는 말이다.
파도 파도 샘솟는 게 사랑이란 감정이던가.
아프고 간절하고 그 마음이 곡진해질 때,
사랑은 완성을 이룬다.
하얀 꽃비 쏟아져 온 세상 순백인 봄날,
영혼이 슬프지 않게,
가는 길 아프지 않게,
함께 걷던 걸음걸음마다 그리움 새록새록,
떠오를 때 참회처럼 가슴 후벼파는 게 사랑이다.
마지막 가는 길에
덤으로 주는 희망은 고문과 같아서,
서로 남은 사랑 더 하라고 주는 시간이어서,
못다 준 사랑 깊디깊은 바닷속 같아서,
우주만큼 큰 사랑 앞에 내 사랑 견줄 바 못 되지만
내 목숨 다할 때까지 사랑할 거라고
희망에 희망만 자꾸 보태어 줘 본다.

모르고 갔으면 좋겠다

환자도 가족도
점점 지치게 만드는 치매라는 병,
우리 개 만동이에게도 숙명처럼 찾아온 그 병,
누구나 죽기 전,
모든 힘 다 쓰고 간다더니
너무 힘들단 말 절로 나온다.
더는 죄짓지 않으려고
예쁜 몸짓, 착한 맘으로 다가가 보지만
금방 더한 병마들이 마귀처럼 달려들 텐데
애야, 이젠 갈 때가 되지 않았니. 급기야
악마처럼 귀에다 대고 속살거려 보기도 한다.
아기 달래듯 노래도 불러주고
아픈 줄 모르고 갔으면 좋겠다,
다독여 줘 보기도 하는 밤이다.
죽음의 그림자 다녀가는 밤이다.

생각

개는,
어둠이 보낸 공포나 불안감을
함께 견디겠다는 계산이 이미 서 있는 동물이다.
사람처럼 자신도 외롭다는 걸 아니까.
개는,
사람보다 어질 때가 더 많다.
늙거나 병들면 혼자 있을 때
가장 불안해한다는 걸 사람보다 먼저 감지하고
묵묵히 보살피려 든다.
밤만 되면 애절한 눈길 열어 놓는
만동이의 맘은 분명, 계산된 속이다.
뒤따라가려면 앞서가길 기다렸다가
양몰이 하듯 꽁무니 밀고 들어와서는
방문 등지고 한 일 자로 털썩 드러눕는다.
빚 받으러 온 사채업자처럼
아무도 못 나가게 버텨보려는 수작 같지만
늙어가면서 일일이 따라붙기가 귀찮은지

뭐든 눈앞에 두고 지키려는 심산을 모를 리 없다.

주인을 챙겨 자기 영역 안에 두겠다는 얄팍한 마
음 같지만

그 깊은 속, 고마워서 울 뻔했다.

수작

카페 마당에 봄 단장한답시고
들여놓은 울타리 안 진돗개.
발정 와서 시집 보내야 하는데
참한 짝 없느냐는 질문에
우리 진돗개 만동이는 어떠냐며
인사치레로 말 붙인 게 발단이다.
불과 십 분도 안 지났는데
주인 남자가 와서 다시 아는 체하기까지
부지불식간不知不識間에 일어난 사건이다.
엉겁결에 사진 보이자 잘났다고 난리더니
나이 들고 칠색팔색한다.
외간 남자와 개 사돈 맺을 뻔했는데
숫처녀한테 늙은 총각 들이댄다고 버럭질이다.
잘났으면 됐지.
나이 많은 게 뭔 흠이라고
슬금슬금 내빼는 졸보 같은 놈.
한번 붙여나 보든지 단박에 자를 게 뭐람.

차라리 개 시어미 자리가 맘에 안 든다고나 하지.

애먼 남의 개 나이 탓해서 없는 개 욕보이는 한심
한 놈.

늙는 것도 서러운데 선도 안 보고 퇴짜라니

영문 모르고 봉변당한 만동이만 안 됐다.

다 봄의 수작 때문이다.

문득, 과년한 딸 중매선다고 욕봤을 엄마 생각에다

이래저래 잠시라도 놀아난 게 분해서

봄을 훌쩍 밀쳐냈다.

행복의 실체

순간의 행복을 준 나무가 있다.
자주 행복을 느끼게 해 준 개가 있다.
나무의 나이는 예순쯤 됐다 하고
개의 나이는 열다섯,
내 나이 예순 들기 시작했으나 어림없다.
저 나무처럼 곱게 한번 물들어 보지 못했고
끈덕지게 달라붙은 사랑 한번 못 해 봤으니.
늙은 개는 오죽한가.
주인밖에 모르는 일방적인 사랑에도
늘 행복해하는 것을.
낯 안 가려 반기느라 나무꼭대기에서
한차례 소나기처럼 잎들 쏟아부으면
차마 발길 못 돌리고
한 편의 퍼포먼스 관람하듯 먼발치에
오래오래 서 있게 했던
내가 본 교회 중 가장 작은 교회*
가장 작은 마당 가운데 있는 젊은 은행나무,

눈만 맞춰줘도 기쁨을 누리는 개, 따라갈 수 없지.
그랬다. 예순 나이가 나무는 어리고
열다섯 된 개 만동이에게는 숫자에 불과하단 걸.
아, 나에게 행복을 준 나무가 있었구나.
나에게 행복을 준 개가 있었구나.
뒤늦게 그게 행복인 줄 알았다.

*경산시 하양읍에 있는 무학로교회를 말함.

어떤 봄

복사꽃 나무 아래로 난 길 걷는데
꽃구경 온 어떤 남자,
대뜸,
시답잖은 질문 공세 퍼붓는다.
괜히, 들킬까 봐 시선 허공에 둔다.
복사꽃 없는 곳으로 눈길 줘 보기도 한다.
만둥이 등에 붙은 꽃잎 나무라며 쓸어주면서
오래 애태우다가 답신 보낸 애인처럼 심드렁하게
제가 꽃을 좋아해서요. 한마디 해 준다.
개가 꽃을 좋아해요? 기다렸단 듯 화답한다.
대답 대신 복사꽃 꽃잎 떨어지듯
사르르, 웃어 보였다.
호수 주변 야산 전체가 복사꽃밭이라
온갖 감언이설 꽃잎 휘날리듯 난무하는
수선스러운 봄날 아니랄까 봐
머리 위에 복사꽃 한 송이 떨어져 얹힌 줄도 모르고
늙은 개와 사진 찍고 꽃 눈빛 시시때때로 주고받

앉더니
  살짝, 만만해 보였던 게 분명하다.
  얼떨결에 머리에 붙어온 복사꽃 한 송이,
  마지막 봄인듯, 아쉬워 못 돌려보내고
  얼른 책갈피에 숨겨 뒀다.

통곡痛哭

살아가면서 통곡할 일이 얼마나 있었던가.
아무리 슬픈 일이라도 바로 울어지던가.
한참을 목이 메다가
봇물 터지듯 터져 나오는 그 울음이 통곡인 것을.
통곡은 목 놓아 우는 게 아니고
배 울음이란 걸 죽음 앞에서야 알았다.
사랑도 내리사랑이 더 깊듯이
슬픔도 내리슬픔이 더 절절한 법.
소리꾼이 단전의 소리 끌어 올려
피 토하는 심정으로 소리 내뱉을 때
그 애끓는 소리가 바로 통곡이리니.
얼마나 억장이 무너지는 소리겠느냐.
아가야, 네 주검을 앞에 두고
슬픔을 푹푹 삭히진 않으련다.
그냥 통곡하련다. 이미,
목구멍까지 올라와 있던 울음.
더는 참지 못해 터지는 그 울음이 통곡인 것을.

가슴이 못 견디고 터져서
폭포처럼 콸콸콸 쏟아지는 울음이 통곡인 것을.
오, 말 못 해서 가여운 영혼이여.
구곡간장九曲肝腸 끊어지는 이 슬픔이 통곡인 것을.

작별

노란 개나리 흐드러진 봄날이네?
벚꽃 활짝 핀 공원길이네?
꽃처럼 환하게 웃는 모습, 너무 예뻐서
아차, 꽃인 줄 착각했던 추억의 사진첩 함께 들춰
보면서
이런 얘기 저런 얘기 들려줘도
얼굴 잊을세라 눈 맞추기만 한다.
산책길에서 우연히 마주친 후투티 쫓던 그때,
얼마나 용맹스러웠는지 아느냐고
어둔 귀에다 대고 소리쳐도 미동이 없다.

속이 답답해서 그러려니 했다.
한겨울 땅바닥에 깔린 모래며 빈 나뭇가지들,
오죽이나 시원했으랴.
용광로처럼 들끓는 속 식혀보려고 막 집어삼켰
겠지.
속에서 받아내지 않으니 뱉어내려고 울컥울컥

안간힘 쏟으며 토하느라 다 소진해 버린 기운 앞에
시체처럼 쓰러지고 마네.

기억이 더 떠나기 전에
강변에 향기 그윽한 풀꽃 곱게 피어나면
한 번만 꼭 한 번만 부디, 거닐어 보고 가라고
말 못 알아듣는 검은 눈빛 안으로
숱한 사랑의 말 쏟아부어 보지만
꺼진 등불 같은 네 영혼 이미 떠난 듯
놓지 않는 시선만 아련히, 허공 향해 있다.

굽어살피사

대법당 한자리 앉지 못하고
절벽 위 전각에 계신 나반존자님.
누구든 우러러보란 듯 높은
독성각 안에 계신 나반존자님.
부처님 제자도 아니라는데
어떻게 성불 얻으셨나요.
사불견邪不見, 사불청聽, 사불언言이라
궁금해도 참아야겠지만
오늘내일하는 만동이, 부디 살펴봐 주십사
무릅쓰고 간곡히 여쭙니다.
게으른 절간 개 한 마리도 놓치지 않고
어두운 곳까지 환하게 굽어살피실 것 같은,
나반존자님!
못난 축생, 나비처럼 훨훨,
가장 귀한 몸으로 환생시켜 주십사
감히 삼 배 올리고 간청드립니다.
성불, 성불, 우주 대성불.

입장

여름에 필 꽃, 가을에 씨 뿌렸으니
꽃이 불안했겠다. 당국에다 대고
꽃의 대변이라도 해 보려다가
떡잎 올라오는 거 보자 얼른얼른 자라라,
발 동동 구르며 기도했다.
한 달만 일찍 심었더라도
초겨울 한파에 서리맞고 폭삭 주저앉지 않았을 것을.
심을 때부터 조마조마하더라니
기어이 일을 쳤다.
늙은 엄마를 요양원에 보낼 때도,
치매 온 개의 안락사를 고민하던 때도,
그들의 비애 따위는 안중에도 없어 놓고
서로의 입장 운운하는 내가 한심하다.
결국, 입장이란
남은 사람만의 특권이었다가
떠나보내면서 늘 회한을 남긴다.

빈 연못

연못을 보자
빈 연못이네?
곧바로 말하는 사람을 보았다. 찰랑대는
물과 얼비치는 하늘이 잠겨 있는 연못에
연꽃만 없을 뿐인데도 빈 연못이라 말한다.
집의 주인은 바뀌어도
진짜 주인인 터줏대감은 그대로인데
빈집이라 하는 것과 같다.
장독대의 구렁이나 지붕에 사는 지네도 그래서
함부로 잡지 않는다는 옛말이 있듯
집 지키는 개가 짖어도 사람이 없으면
빈집이라 하고 오래된 빈집은 폐가라 한다.
물속에는 무수한 생명, 살아 숨 쉬는데
연못의 주인은 연꽃이라고만 생각하고
빈 연못이라고 하는 건
너무 얄팍한 고정관념이다. 이 세상에
비어 있는 것은 없다.

연못은,

아주 가는 바람결에도

속이 꽉 차서 넘실거린다.

공터

요즘 같은 세상에 공터가 다 있네요.
분명 주인 있을 텐데 공터라 한다.
식당에서 밥 먹고
아쉬운 맘에 차라도 한 잔 나누자니
몰고 간 차가 그만 짐이 된다.
근방 잘 아는 일행이 식당 건너에 공터가 있으니
남는 차는 거기 주차해 놓고 움직이잔 말에
공터가 있단 게 참 안심이 되고 좋아 보인다.
엄마처럼 미더운 공터에 차 여러 대를 맡겨 놓고
맘 편하게 놀다 보니
애 맡겨 놓은 어미 맘 같아져 조급해진다.
공터에게 미안하고 차에게 미안하다.
시는 처음부터 공터*라던 노시인의 시구처럼
따지고 보면 모든 생生은 공터에서 시작된다.
언젠간 건물이 버젓이 차지할 공터에다
제 터인 양 차를 부려놓고
길고양이들은 어슬렁어슬렁 영역 확보에 나서고

버려진 늙은 반려 개들은 들락거리는 차 보며
눈알 빠지도록 주인 나타나기만 기다리는 공터라
는 곳.
어디에도 진정한 공터는 없단 듯
비어 있는 듯 비어 있지 않은 공터의 일생.

*정현종 시인의 시 「공터」에서 차용.

본디

인연 깊은 절간이 있다.
처음 가본 절 문인데도 들어서는 순간
벌써 다녀갔던 느낌이 들고
고색창연한 법당 앞 백일홍들도
법당 안 부처님도
절간 문 지키는 늙은 개도 척 달려와 안긴다.
해마다 한 번 절 담 밖, 왕벚꽃 흐드러져
꽃비 하얗게 내릴 때
나무 아래서 놀다 간 게 고작인데
피붙인 듯 편안하고 살갑고 애틋하다.
탑돌이 하는 초로의 여자,
풍경 소리 맞춰 염주 돌린다.
바람 소리와 섞여 먼 데 소리처럼 자욱하다.
본디,
　맑고 고운 심성이어서 은은함이 끝없는 풍경의
음성吟聲.
　풍경에도 생명이 있다면

후생엔 풍경이고 싶은 절간에
이끌려 불쑥, 법당문 열고 들어가
연등 하나 법당 천장에 올려 달고 나오니
한 생生 건너온 듯 생경하다.

흰민들레

너를 떠나보내고 오면서
들른 절 초입에 흰민들레 한 포기 보았다.
잡풀 틈에 반은 지고 반은 거품처럼 부푼 씨방을
주렁주렁 안고 있는 꽃.
곧 부러질 듯 가는 목에 매달린 꽃이든 씨방이든
모두 한 짐이라 안쓰럽기 그지없었다.
중심 뿌리 하나 굵고 올곧게 내리는 성질과
같은 종끼리만 수분한다는 그 꽃씨.
후, 불면 순결한 영혼들,
우주 어디든 못 갈 데가 없겠다 싶어
네 영혼 보내듯 후, 불어 보냈다.
훨훨훨, 맘 놓고
가고 싶은 곳 날아가라고
꽃도 되고 나비도 되고 새도 되라고
네 아픔, 네 슬픔, 다 몰라 줘서 미안하여
고운 뼛가루 지천으로 번져
흰민들레처럼 너란 꽃 피우게 해 달라고

후, 후, 후, 불고 또 불었다.

꽃놀이

유성우처럼 떨어지는
벚꽃의 화려한 낙화. 사람들은
벚나무 아래 누워서 하늘 보면
낮에도 별천지 같은 꽃별들
무수히 쏟아져 내린다는 걸 알까 몰라.
목하, 열애 중인 연인처럼
늙어서 만사가 귀찮은 개 만동이 모시고 나와
코며 눈두덩이, 등에 붙은 꽃잎 털어 주다가
서로 등 맞대고 누워도 보았다.
뭐 어때, 꽃 보러 왔는데?
꽃놀이 왔으니 남들처럼 놀아보자고
어차피 남는 건 시간이고 사진이라고
항아리에 곡식 눌러 담듯
꾹, 꾹, 사진 찍어 앨범 가득 저장해 두었다.
지나고 보니 그게 고작이고 전부였다.

본다

누가 뭐하냐고 묻는다.

책 본다고 했다. 책을 보냐 읽지. 하기에

우주를 보듯 책을 본다고 거창하게 답해 줬다.

읽는다는 건 겉만 읊조리는 것이라

저자에게 다소 불쾌감을 가질 수 있는 감정이고

보는 건 깊은 느낌을 보태는 것이라

애정이 곁들여진 감정이라고 덧붙여 줬다.

너는 읽는 것이고

만동이는 보는 것이라고

예시도 들어 줬다.

오후 내내

만동이를 보듯 책을 보았고

책을 보듯 만동이와 놀았다고,

난 사물을 읽기보다 보는 걸 좋아한다고,

그렇게 너도 이제부터 보아줄게. 라고

답신 보냈다.

천사 같은 아이였다

꽃처럼 활짝 피어나길,
너는 충분히 향기롭다.*
더 무슨 말이 필요하겠는가.
나의 천사여, 넌 그런 아이였다.
온갖 꽃들 넘쳐나는 강변 산책길,
몇 년이나 같이 어슬렁거렸는지
별처럼 많고 많아 헤아릴 길 없다.
어느 한구석 어느 한 모퉁이
안 딛고 안 지나간 곳 없는데
함께 한 이 길에 봄 오더니
금세 봄 가고 봄 따라 너도 가버렸다.
꽃보다 더 진한 향수鄕愁 만들어 놓고
별이 된 거니.
천사가 된 거니.
꽃으로 피어났니.
꽃 핀 자리보다 꽃 진 자리 더 많아서,
가없이 애달프고 가엾은 봄날이여.

슬퍼서 아름다운 봄날이여.
끝 간데없이 슬픈 외로움이여.
떠난 아픔보다 더 아픈 고통이여.
아, 애도의 나날이여.
내 사랑이여, 그만 안녕.

*남천 천변 생태공원에 설치된 슬로건 문구

산문

사랑하니까 그랬다는 말

사랑하니까 그랬다는 말

'일부러 심어놓은 걸까.'

상상하는 것과 다르면 괜히 실망할까 봐 물어볼 수가 없었다. 그보다 그러고 말고 할 정신이 없기도 했다는 표현이 맞겠다. 슬픔이 모숨모숨 쓸려갈 동안 몇 겁의 시간이 흘러간 것 같았다. 잠시, 정신이 아뜩했던 기억이 난다. 그러다가 앞마당으로 이끌리듯 나와 선 채로 멍하니 있었던 것도 것 같다. 그렇게 가쁜 숨을 고르다가 보았다. 흰빛의 상복을 급히 입고 나오느라 어설퍼 뵈는 창백한 얼굴의 소녀를.

꽃이라기에는 지극히 무난한 모양새를 하고 있었다. 몸소 자신의 강렬함을 보여 주려는 듯 햇살에 한껏 몸을 맡긴 모습이 안쓰러운 꽃이었다. 단아하진 않지만 오밀조밀하면서도 눈부시게 흰, 그녀를, 보고야 말았다.

흰젖제비꽃. 생전 처음 만났는데도 어색하거나 낯설지는 않았다. 특이점은 원줄기가 없다는 것. 원줄기

가 없으니 거센 산바람에도 꺾이지 않고 산지사방散
之四方 늘어진 잘디 잔 줄기줄기마다 수북수북 꽃을
피워 내지 않는가. 원줄기가 없다는 건 근본이 없다는
말로도 풀이된다. 문득 아이를 데려올 때 족보를 따지
면서 지나치게 근본 운운했던 생각이 떠올라 부끄러
웠다. 그게 뭐라고. 이처럼 근본 없이도 은근히 매료
시키는 꽃도 있잖은가.

처음 그 꽃을 본 순간, 두 눈을 의심했다. 화단 가득
소복소복 하얗게 쌓인 눈 같기도 했던 꽃. 차디찬 주
검처럼 다가왔던 꽃. 흰빛이 그토록 서늘하고 창백하
다는 느낌이 든 적도 역시 처음이었다.

건물의 3분의 1쯤 올려붙인 화단 위에 멋쩍게 키만
훌쩍 자란 진분홍 복사꽃이 반은 지고 있을 무렵이었
다. 개복숭아꽃이었다.

"모든 꽃은 참보다 개가 붙은 게 더 아름답더라."

그 와중에 바람결처럼 들려오는 말소리에 귀가 기
울여졌다. 개복사꽃, 개나리, 개달래꽃, 개살구꽃, 개,
개, 개, '개'란 말만 계속 귓전을 어지럽혔다.

'그래, 개를 보내러 왔지?'

정신을 차리고 하늘을 올려다보았다. 뭉실뭉실 수

증기가 하늘로 올라가고 있었다. 수증기는 몸을 모아 한꺼번에 뿜어져 나오느라 하얀 뭉게구름 같았다. 흡사 아이의 몸에서 영혼을 빼내는 의식을 치르는 과정 같았다.

아이의 분향을 마치고 꽃상여에 실려 화장장으로 보내지는 동안, 숨이 멎는 시간이었다. 종을 흔들어 대는 장례지도사의 지시에 따라 불길 속에서 영혼이라도 빨리 나오라고 소리쳤다. 화장터 뒤에는 천상계로 나가는 문을 형식적으로 만들어 놓았다. 문을 통과하면 단풍나무 한 그루가 서 있고 늦동백이 꽃을 피우는 중이었다. 어림도 없다. 생전에 지나치게 깔끔하던 아이였는데 너무나도 허술한 저 문으로 선뜻 나갈 리가 없다. 그래도 혹시 나왔다가 길 잃을까 봐 그 문 앞을 서성거렸다. 도저히 끝까지 지켜볼 수가 없어서 가까운 절에 가서 극락왕생만을 빌고 빌었다. 화장을 끝낸 아이의 몸이 밖으로 나왔다. 강제로 육탈을 시킨 아이의 몸은 그림자처럼 뼈만 뉘어놓고 사라졌다. 너무나 잔인했다. 얼마 뒤, 장례지도사의 손에 한 줌 재로 변한 아이가 들려져 왔다. 아, 아이는 그새 한 줌 재가 되어버렸구나. 우리로선 부득요령不得要領이었다.

'2007년 12월 12일에 태어나서 2023년 4월 7일에 별이 되다.'

라고 기록하고 싶었는데 보낸 날짜만 적으라고 한다. 대신 영정사진에 간단한 애도 문구를 넣어 주게 했다.

"말 못 해서 가련한 영혼이여, 부디!"

뒷말은 생략해도 아이는 다 알리라. 서로의 마음을 다 헤아렸으리라는 생각은 우리만의 착각이 아니길 바랐다.

말을 알아들을 수 없다는 건 서로 간에 상당히 불편한 일이다. 어릴 때 이웃에 언어장애를 가진 남매가 있었다. 그땐 수화手話를 가르쳐 주는 농아학교도 없었고, 장애가 있으면 초등교육도 받지 못하던 시절이었다. 소통이 어려워 서로 힘들었던 기억이 난다. 나중에 그들이 다른 형제로부터 한글을 깨우쳐 아쉬운 대로 간단한 생각을 주고받을 수는 있었다.

아예 다른 종種의 관계에서의 소통은 더욱 어렵다. 곡진한 사랑과 희생이 어우러진 교감으로나마 싫다, 좋다, 까지는 가능하다고 본다. 나머지 소통은 우위 종種인 인간의 생각대로 판단하고 결정한다. 인간인 자신이 사랑을 주면 동물도 사랑을 주는 줄 알고 함께 살아왔다.

이젠 모르겠다. 우리가 사랑한 만큼 아이도 우릴 사랑했는지, 아이가 사랑한 만큼 우리가 아이를 진정으로 사랑했는지조차도 이제는 모르겠다. 다만, 더 잘해 주지 못해서 아쉽고 우리 곁에 없다는 게 허망할 뿐이다.

태어난 지 한 달여 만에 어미 품을 떠나 사람 부모인 우리 곁으로 온 만동이는 진돗개 백구이다. 특별한 지식 없이 부모 마음으로 보듬어 주리란 용기만 백배했다. 우리는 시행착오를 겪으면서도 잘못된 걸 인지하지 못했다. 어린 마음을 부모의 마음으로 품어주지 못했다. 엄마 품이 그리워 밤새 끙끙거리던 강아지를 혼내기만 했다. 오줌을 못 가린다고 혼냈고, 벽지를 물어 뜯어놨다고 혼냈다. 왜 그랬는지 이해하기보다 그들만의 훈련법을 내세워 혼냈던 기억만 꾸역꾸역 올라온다. 훈육이란 미명으로 끊임없이 "안 돼!"를 반복했고, 하염없이 "기다려!"를 지시했다. 사랑이란 감정을 앞세워 우리의 실수는 덮어버리기에 바

빴다. 사랑하니까 그랬다는 말. 절대 용서하면 안 되는 말이다.

제멋대로인 사람 부모 밑에서 열여섯 해를 동고동락同苦同樂해 온 삶을 떠난 아이야, 아직도 무지개다리 입구에서 아픈 다리로 기다리고 서 있는 건 아닌지? 너무나 충직하고 우직한 너니까.

우리의 명령을 수행하느라 못 건너간 게 확실하다. 며칠 전 꿈에 나타나서 우리 집 현관문을 기웃거리던 너. 눈빛이 너무나 애연해서 들어오라고 했더니 하염없이 쳐다보기만 하고 돌아갔지. 그 기운으로 돌아오면 좋겠다. 우리는 왜 "기다려!"란 말만 가르치고 "돌아와!"란 말을 가르쳐 주지 못했을까.

"동아, 제발 거기서 기다리지 말고 돌아와."

우리가 아이를 얼른 놓지 못해서 힘들게 구천을 떠돈대도 괜찮다. 꿈에서라도 볼 수 있을 테니.

산책길에서 우연히 만난 개들을 볼 때마다 나이가 궁금해진다. 아이를 떠나보내고 생긴 버릇이다. "몇 살이에요?" 물어볼 때마다 가슴이 철렁철렁 내려앉는다. 얼마 남지 않았다면 어쩌지? 난 또 다음 말을 어떻게 이어가야 할지 갑갑해져서 가슴을 쓸어내린다. 그러면서도 물어보고 싶은 마음이 더 앞선다. 그들이 덜 슬퍼하면 좋겠다는 마음 하나와 힘들어서 포기하기라도 하면 어쩌나 싶은 걱정 하나가 합쳐진 감정 때문이다. 대화를 이어가다 보면 이미 한 번은 보낸 경험이 있는 사람이 대부분이다. 그들은 상실감을 벗어나지 못해서 다시 기르게 됐다고 한다. 난 다시 물어본다. 그럼, 먼저 보낸 아이는 잊게 되던가요? 라고. 돌아오는 대답은 한결같다. 생각이 덜 난다는 것. 서서히 잊힌다는 것.

난 잊고 싶지 않다. 가슴에 묻은 자식인데 어떻게 새로운 생명으로 맞바꿀 수 있겠는가. 죽을 때까지 품 안에 고이고이 간직하겠다고 보내기 전에 아이 눈을 보면서 누누이 다짐했는데. 안 잊을 테니 맘 편히 가라고 백번 천번 이름을 부르고 귀에 딱지가 앉도록 말해 줬는데. 알아듣기라도 한 듯 눈 한 번 더 맞추려고 수없이 무거운 머리 들던 그 모습, 어찌 잊고 살겠는가.

반려동물 전문장례식장은 전국 어디든 변두리에 있다. 반려동물을 키우는 인구가 우리나라만 해도

1500만 시대에 들어섰다. 키우는 인구보다 더 많은 인구가 반려동물을 키우지 않는다. 반대 여파가 만만 찮다. 그래서 반려동물의 장례문화도 드러내놓고 장려할 처지가 못 되는 것 같다. 한 지역에 한 군데도 없는 반려동물 장례식장. 반려견 등록제 이후 더 필요한 시점임에도 반대 여론 때문에 규제만 부가되는 형편이다. 그 바람에 얼토당토않은 펫티켓만 늘어났고, 강변이나 산골에는 유기된 반려동물들이 애타게 주인을 찾고 있다.

마지막 가는 길은 그나마 집 근처에 장례식장과 납골당이 있어서 보내고도 마음이 덜 무거웠다. 가까워서 자주 들락거릴 수 있으니까. 유골이지만 늘 곁에 있는 것 같아서 생광스러웠다. 터널이 뚫리면서 옛길이 되고 만 언덕에 애물단지로 밀려난 휴게소. 반려동물 전문장례식장으로 둔갑 아닌 둔갑을 하게 된 장례식장이었다. 내부는 장례식장답지 않게 많은 반려동물들의 유골이 안치돼 있다. 아이에게 영혼을 나눌 친구들이 있어서 덜 외로울 것 같았다. 그런데도 마음은 불편했다. 오르내리는 길이 예전 같지 않고 옛길이 되다 보니 인적이 드물어 스산하였다. 그런 곳에 아이를 혼자 두고 돌아 나오자니 발길이 떨어지지 않았다. '혹시 영혼이 우리를 따라나섰다가 놓치면 무서울 텐데.' 바람 불면 추울세라, 비 오면 산책 걱정에 매일 들여다보고 와야 숨이 쉬어졌다.

우울의 늪에서 헤어나는 순간, 아이의 영혼은 자유롭게 구천을 떠날까. 이대로 같이 머물면 안 될까. 온갖 상념들이 머리를 복잡하게 한다. 영혼을 데리고 다닌다고 주변에서 뭐라 하여도 귓등으로도 안 듣고 싶다. 얼마간은 우울과 더불어 아이를 보내고 또 보낼 날들만 생각할 것이다. 가슴에 생채기가 나도록 자책하면서 가끔 행복했던 기억도 떠올리면서 상실의 시간을 놓지 않으리라. 그리고 만나러 가야겠다. 화장火葬할 때도 뜨거웠을 텐데 그곳이 지옥불이 아니면 좋겠다. 우리 만둥이는 착하게 살았으니 그 덕에 좀 호강해보게 여기보다 조금은 자유로운 곳이면 좋겠다.

내심, 우울의 늪이 이렇게 편안할 수가 있을까. 빠져들수록 안온하고 그 깊이를 가늠할 수 없으므로 더 궁금해져서 자꾸만 자꾸만 깊이 들어가 보고 싶은, 상상만으로도 슬프디슬픈 우울의 심연深淵.

천변 산책길에서 아이를 닮은 진돗개를 만났다. 눈물이 먼저 왈칵, 올라오지 않으면 마음에서 떠나보낸 거라 한다. 그러면 아이는 또 얼마나 슬퍼할까. 그래도 잊어야 하나. 왜 자꾸 잊으라고만 하나. 너무 처연해 보일까 봐 괜히 잊은 척 너스레 떨어 본 건데. 지독하게 슬픔이 찾아들던 밤, 그에게 물었다. 지금 누가 가장 보고 싶으냐고.

"만동이."

한다.

"만동이는 우리 곁에 있는데 보면 되지?"

라고 재불 물어보면

"그건 그래."

한다.

늘 우리 곁에 있는 줄 알았는데 그리운 이름이 되고 만 아이.

아이를 보내던 날 밤, 보름도 아닌데 보름달처럼 둥글어 신기했다던 그달 밑에 유난히 밝은 별이 아이별이라고 사진 찍어 보여 주며 신기해하던 그. 그새 별이 됐을까 봐서? 별이 되면 되나, 사람이 돼야지. 사람이 된다고 다 좋은가. 차라리 개로 살고 싶을 때도 있었을지도 모르는데? 주절주절 건성으로 떠들어댔다. 모든 순간순간이 추억으로 남아줄까.

　나였던 그 아이는 어디 있을까,
　아직 내 속에 있을까 아니면 사라졌을까?*

　슬픔은 슬픔대로, 아픔은 아픔대로, 다 내 안에 있어야 할 감정들이다. 아직은 우울을 동반한 모든 감정을 도려내어서 정리하고 싶지 않다. 단지, 덧보탠다면 나보다 더 사랑하여 내가 그 아이고 그 아이가 나였으면 좋겠다.

*파블로 네루다, 『질문의 책』에서 인용.